LES AVENTURES DE MOI-MÊME

À Darius, Anna et Cléo

87, quai Panhard et Levassor – 75647 Paris Cedex 13
ISBN : 9782080205957 / N° d'édition : L.01EJEN00179.N001
Dépôt légal : février 2021
Achevé d'imprimer par Unigraf (Espagne) en novembre 2020
Loi n°49-956 du 16 juillet 1949 sur les publications destinées à la jeunesse.

Les titres de ce livre sont composés en Bizmeud,
une typographie dessinée par Quentin Bodin et Jil Daniel
et distribuée par Velvetyne.

Charly Delwart

Illustré par
Ronan Badel

Les aventures de moi-même

Journal de ma fugue

Flammarion Jeunesse

Une destination n'est jamais un lieu,
mais plutôt une nouvelle façon de voir les choses.

C'est pas de moi, mais d'un auteur
qui s'appelle Henry Miller

Mardi

C'est décidé, je vais faire une fugue.

Je m'appelle Gaspard, j'ai 10 ans (enfin 9 ans et 11 mois et demi, donc ça revient au même).

Vous vous demandez peut-être pourquoi je veux faire une fugue ?

De toute façon, même si vous ne vous le demandez pas, je vais vous le dire : ben parce que c'est normal. Ou pour être plus précis :

1 - Parce qu'il est temps.

2 - Parce que j'ai l'âge.

3 - Pour prendre mon indépendance (prendre mon envol, comme on dit pour les oiseaux, sauf pour ceux qui tombent à pic du nid quand ils essaient de voler trop tôt).

5 - Pour voir le monde tout seul, comme un grand car je suis grand (je suis en CM1 pour info).

6 - Pour vivre une expérience rien qu'à moi, tout seul.

Pour toutes ces choses donc, vous voyez. C'est important.

Bon, il y a aussi une autre raison : mes parents et moi on n'est pas d'accord, pas d'accord du tout. Cette fois, c'est pas comme quand ils se fâchent à tort contre moi alors que c'est une de mes sœurs qui a fait une bêtise. Non, là, c'est différent. Ils ne m'écoutent pas et c'est pas la première fois (je sais pas combien de fois non plus c'est déjà arrivé, mais suffisamment).

La raison, c'est le choix de mon collège.

Je veux aller au même que mes copains mais mes parents sont pour un collège différent qu'on doit visiter bientôt, meilleur selon eux, plus grand. J'ai dit que j'irais pas le visiter car c'est pas là que je veux aller, et l'autre est très bien, plus petit, et plus près de la maison (et en plus il y a mes copains, je l'ai déjà dit mais c'est important, et les trucs importants on peut les répéter).

Ils ont dit que je devais d'abord aller voir au moins, et leur faire confiance.

J'ai redit non.

Ça a dégénéré. Ils ont décrété que même s'ils me demandaient mon avis, c'est quand même eux qui décideraient au bout du compte, pour mon bien.

Mais c'est impossible. Car c'est pas non plus comme la fois d'avant où on n'était pas d'accord sur le choix des activités en colonie (ils avaient choisi voile pour moi alors que je voulais tennis). Là c'est ma vie, c'est quatre années, c'est-à-dire presque la moitié de ce que j'ai vécu jusqu'ici, et je sais mieux qu'eux ce qui est bien pour moi.

Je leur dis que j'ai le droit de choisir.

— C'est pas une question de droit, répondent mes parents.

Comme s'il n'y avait que les adultes qui avaient des droits alors que les enfants en ont. Je leur dis :

— Les adultes doivent respecter les enfants (on avait appris ça en classe, les droits de l'enfance), c'est pas juste.

Je leur récite aussi les articles 12 et 13, je connais le sujet : *Tout enfant doit pouvoir exprimer ce qu'il pense et ressent. Il a également le droit d'avoir des informations sur le monde qui l'entoure et d'en parler.*

D'ailleurs, il devrait y avoir plus de droits de l'enfance.

DROITS SUPPLÉMENTAIRES DE L'ENFANCE :

- Manger des bonbons toute la journée
- Regarder des films la semaine
- Être tenu éloigné à vie des brocolis
- ...

Ma mère dit :

— Évidemment que les enfants ont des droits. Et c'est très bien que tu exprimes ce que tu penses. C'est pas pour autant qu'il faut respecter tous leurs désirs non plus, c'est plus complexe que ça.

Mon père dit que dans le choix d'un collège, il y a d'autres facteurs qui rentrent en compte, d'autres enjeux que les copains ou si le collège est proche ou non de la maison.

Je sens bien qu'ils cherchent à m'embrouiller la tête avec des mots compliqués comme *facteurs, éléments, enjeux*. Je ne suis pas d'accord, je leur redis, plus sèchement cette fois.

— J'ai bientôt 10 ans, je vous signale. Je suis grand. Et j'irai pas voir votre collège, vous pouvez aller le voir sans moi car j'irai au mien.

Ils disent :

— Quand tu seras vraiment grand, tu feras ce que tu voudras mais pas là. Et vu ton ton, tu as le droit d'aller dans ta chambre et d'en sortir quand tu seras plus agréable.

De toute façon, ils ne me comprennent pas. Ou c'est moi qui les comprends mieux car plus vous devenez pré-ado, moins vos parents vous comprennent mais plus vous comprenez comment eux pensent, du coup vous êtes moins d'accord.

Ils comprennent mieux mes deux sœurs : l'une a 7 ans, elle s'appelle Emma, et l'autre 2 ans, elle s'appelle Dagmar. Son prénom c'est une idée bizarre de mon père, mais elle n'a pas l'âge pour se dire elle-même que c'est bizarre, donc on ne le lui dit pas. On a la même structure familiale que les Simpson mais c'est pas fait exprès (enfin je suis pratiquement sûr).

Sauf qu'on a un chien qui est beaucoup plus grand que le leur, il s'appelle Zut. C'est aussi une idée de mon père, du coup quand on l'appelle, on a l'air bizarre, même si c'est mieux que s'il s'était appelé Prout.

Être l'aîné, c'est comme si j'étais responsable de tout ce que font mes sœurs : quoi qu'il se passe, ça tombe sur moi. Comme si j'étais le représentant des enfants. Sans pour autant être considéré comme responsable de façon générale, c'est ça qui n'est pas normal, pas fair-play. Car ils me prennent toujours pour un enfant alors que je suis un pré-ado, et ça ils ne le comprennent pas. Peut-être parce que de leur temps on était soit enfant, soit soudain adolescent à 16 ans (comme du temps des grands-parents on était soit enfant, soit d'un coup adulte à 14 ans et certains commençaient à travailler).

Moi travaillant
dans les champs,
pas sûr d'être
le plus efficace

Mais maintenant c'est plus comme ça. Il y a toute une gamme de nuances supplémentaires entre les deux.

(bon il y en a peut-être trop mais vous voyez l'idée)

Je suis content de ne pas être né à une autre époque, des décennies plus tôt, sans parler de tout ce qui n'existait pas de leur temps et qu'on ne se rend jamais assez compte, selon eux, de la chance qu'on a aujourd'hui de les avoir. Mais peut-être qu'on leur disait ça à eux aussi sur d'autres choses, et aux générations avant aussi.

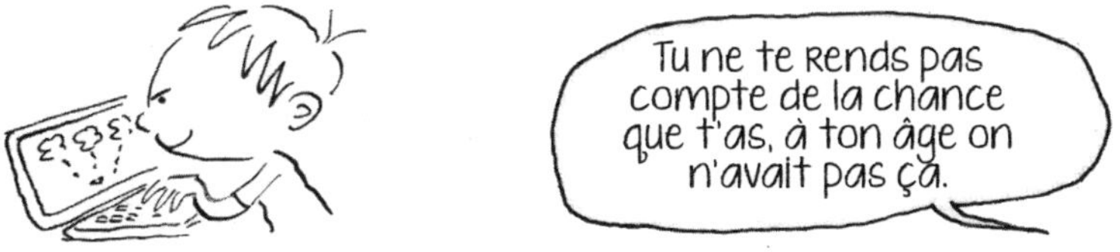

Ou alors, ils ne me considèrent pas encore comme responsable parce que, comme on a connu ses enfants tout bébés, on a du mal à se rendre compte qu'ils grandissent, surtout pour le premier (donc moi).

J'ai donc dû leur apprendre que les temps changent :

• à 3 ans, j'ai dû demander de plus avoir de barreaux à mon lit ;

• à 4 ans, d'avoir des vrais couverts (et non en plastique) ;

• à 5 ans, d'avoir un siège vélo pour grand (et non un de bébé) ;

• à 6 ans, de retirer les petites roues de mon vélo (eux voulaient les laisser, ils trouvaient ça pratique, comme ça je risquais pas de tomber) ;
• à 7 ans de pouvoir aller à l'école seul (notre immeuble est tout près).

Quand je reviendrai de ma fugue, ils auront compris qu'ils se sont trompés et qu'en fait je suis bien plus grand que ce qu'ils croient et tout rentrera dans l'ordre. Je pourrai choisir mon collège (et en bonus, la prochaine colonie cet été ce sera peut-être du coup tennis et pas voile).

Donc après-demain (c'est jeudi) ou après-après-demain (vendredi alors), je pars à la conquête du monde (ou du moins je pars de chez moi). De toute façon c'est comme ça, et c'est bien comme ça.

Arto (ami #1)
et Nils (ami #2)

Mercredi

J'en parle à Arto et Nils aujourd'hui.

Arto c'est mon meilleur copain, même plus : mon meilleur ami. Et Nils c'est aussi un ami, genre le deuxième meilleur.

— Je vais faire une fugue.

— Cool. Tu vas aller où ? demande Arto.

Je n'y avais pas encore pensé.

— Je vais voir, je ne sais pas encore.

— Combien de jours, demande Nils : deux, trois, quatre ?

Je n'y avais pas pensé non plus. Pourtant c'est aussi une question de base. Dans le fond, je comptais y penser une fois dehors, prendre mes affaires et voir ensuite. C'est comme ça qu'on fait une fugue (enfin je suppose).

Je leur dis :

— Je verrai là aussi, deux ou trois nuits. Je vais faire mon sac et je déciderai une fois hors de chez moi.

— OK, fait Arto.

Il y a un silence. Puis Nils dit :

— Moi, si je faisais une fugue, j'irais passer la nuit dans un musée d'Histoire naturelle. Au milieu des squelettes de dinosaures.

— Dans la jungle, tout nu avec juste un pagne, dit Arto.

— Trop pas, réagit Nils, moi ce serait plus une

QUI A BOUGÉ ?

autre ville : Strasbourg, Lyon. Pour voir à quoi ça ressemble.

— Je préfère découvrir New York. Ou Tokyo, c'est plus rigolo.

— Bof, dans les très grandes villes, tu te retrouves vite à dormir sur un banc, ou sous un pont s'il pleut. Tu vas être pris pour un SDF, ou mis à la DDASS comme t'es mineur. Pas génial comme fugue.

Je les ai interrompus car ils étaient partis pour des heures (et ils ne sont jamais d'accord) :

— J'ai envie que ce soit plutôt en forêt, dans la nature. Dormir dehors.

— Non, ça c'est un bivouac, dit Nils.

— Ben ça peut être une fugue et un bivouac.

— Mmm, marmonne Nils.

J'ai redit que je verrais bien le jour même.

Il y a de nouveau un blanc, puis Arto dit :

— Moi j'ai fait une fugue l'année dernière, personne ne s'est rendu compte que j'étais parti. Ça a duré deux heures, je suis parti me cacher dans le parc en face de mon immeuble et puis je suis revenu.

Nils rit :

— Ah oui, c'est tout pourri comme fugue.

Je dis :

— Non mais là c'est deux jours au moins, je suis sûr qu'ils vont s'en rendre compte. Mais c'est pas pour ça que je le fais. En même temps, du coup, ils comprendront aussi que je suis plus un enfant.

— Je passe mon temps aussi à leur expliquer, dit Arto. Je devrais faire ça aussi.

— Inconsciemment on fait toujours une fugue pour que quelqu'un le remarque, dit Nils.

Souvent personne ne comprend ce que dit Nils. Son père est psychanalyste ou psychologue, un truc du genre, c'est pour ça qu'il pose toujours des questions bizarres ou qu'il dit des phrases qui sont comme des énigmes.

Je leur parle du collège que mes parents veulent pour moi, je dis que je suis dégoûté. Arto et Nils doivent aussi en visiter plusieurs, Arto ne va pas visiter le même que le mien. Et Nils lui ne va de toute façon pas dans celui pas loin de chez nous où vont la plupart de ceux de la classe. Du coup, c'est pas gagné que je sois avec l'un des deux. Mais eux ne sont pas dégoûtés. Ils trouvent juste dommage qu'on soit plus tous ensemble. Mais on s'y fera, car la vie avance, et c'est ça la vie.

— Un grand de CM2 a déjà fait une fugue, même plusieurs, dit Arto. Tu vois celui qui a redoublé une fois, avec ses cheveux dans la figure ? Il est toujours sur un banc à l'écart.

Je vois, il a l'air bizarre. Mais les gens bizarres aussi peuvent faire des fugues, c'est pas réservé qu'aux gens pas bizarres.

— D'après ce que j'ai entendu, dit Nils, il aurait dormi une fois deux semaines dans une grotte sous terre.

— Moi j'ai entendu qu'une autre fois il est allé à Marseille, dit Arto, il s'est endormi dans un bateau. Quand il s'est réveillé, il était en Algérie.

— Wouaw. Trop bizarre, dit Nils, du coup Arto renchérit :

— À ce qui paraît, une autre fois il n'avait plus d'eau, il a bu son pipi pour survivre.

— C'est dégueu !

Je suis sûr que c'est pas vrai.

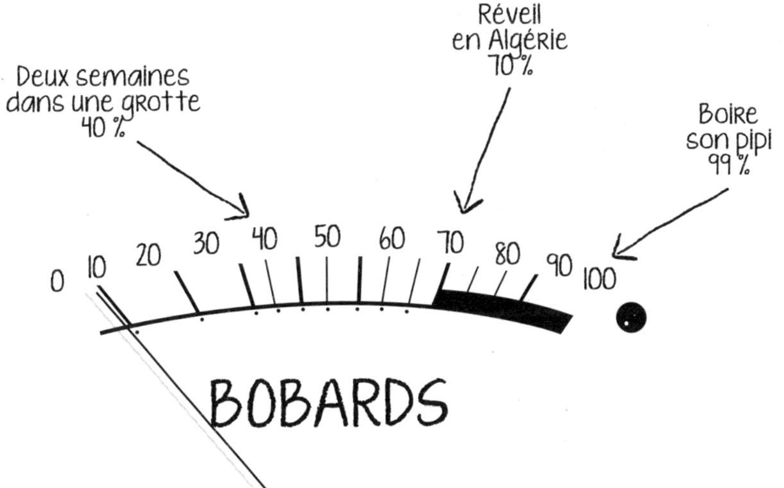

— Tu fais ça quand ? demande Nils.

— Demain, ou après-demain.

— Demain, il y a un contrôle de maths, dit Arto, ce serait dommage, ça fait une semaine qu'on étudie pour ce contrôle.

— Ah zut, c'est vrai, je dis.

Si Zut avait été là, il m'aurait sauté dans les bras. C'est ce qui est drôle avec son nom : chaque fois qu'on s'énerve et qu'on jure, il arrive en souriant et du coup on rigole et on oublie qu'on est énervé (ou alors c'est une idée de mon père pour qu'on continue de dire « zut » et non un gros mot, car du coup ça ne marcherait plus si on disait « */§$#!! » ou « &£*°@ »).

— Et après-demain, il y a tournoi d'échecs, fait remarquer Nils. Ça va être trop bien.

— J'avais oublié. Tant pis. Ou alors je fugue ce week-end.

— C'est mieux.

— Mais ça dépend combien de jours, fait Nils. Si c'est qu'une nuit ça va. Si c'est deux, tu dois demander à tes parents de te faire un mot pour le lundi, dire que t'es malade.

— Ou que tu as un enterrement ou une réunion de famille à Metz, ma mère donne chaque fois ça comme excuse quand on rate le vendredi ou le lundi. Du coup je dois avoir l'air triste quand je reviens ou prendre l'accent de l'Est.

FAUSSES EXCUSES

— Je l'écrirai moi-même le mot, je leur dis. Et si je me fais prendre je dirai que mes parents n'ont pas pu l'écrire car ils étaient trop tristes.

— Tu vas revenir ? demande soudain Arto.

— Ben oui, sinon c'est plus une fugue, je lui réponds. C'est carrément autre chose : une fuite, une évasion, un départ définitif, ce genre de trucs.

Nils reste sur son histoire de nombre de nuits :

— Si c'est plus d'une semaine, il faut que tes parents préviennent l'école, qu'ils les appellent. Et que t'aies un certificat médical.

Mes parents ne peuvent pas être au courant avant. Pour une fugue, on ne prévient pas ses parents. Sinon, ce n'est plus techniquement une fugue. Enfin, je crois. Qu'importe, je n'ai pas envie de les prévenir (d'autant que je leur en veux encore, même si on n'a pas reparlé du collège, et je sais qu'ils n'ont pas annulé la visite de leur collège).

Du coup je réfléchis au mot que je pourrais laisser aux professeurs à leur place.

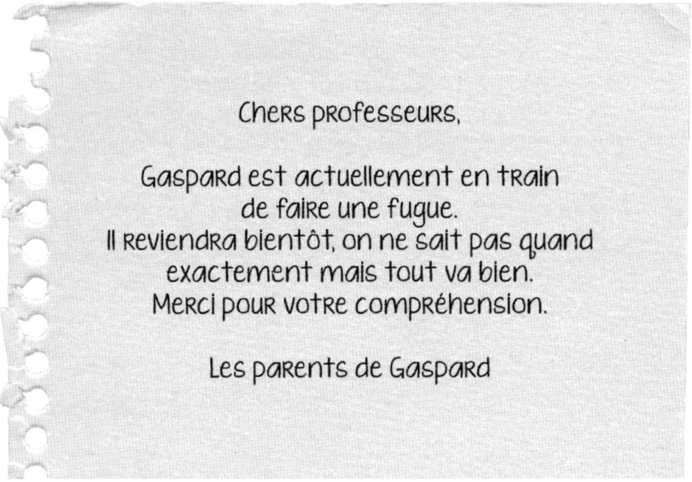

Chers professeurs,

Gaspard est actuellement en train
de faire une fugue.
Il reviendra bientôt, on ne sait pas quand
exactement mais tout va bien.
Merci pour votre compréhension.

Les parents de Gaspard

Mais la fugue n'est pas un motif valable d'absence.

Chers professeurs,

Pour une raison tenue secrète,
Gaspard ne viendra pas cette semaine à l'école.
Il reviendra bientôt, on ne peut pas dire quand exactement (et ce à cause de la raison tenue secrète).
On vous tient au courant en cas de changement (ou dès que nous avons des éléments plus précis à vous communiquer).
Bravo pour votre compréhension.

Les parents de Gaspard

Ou encore, plus simple :

Chers professeurs,

Gaspard est malade. Sa maladie durera deux jours.
Il sera donc là après-après-demain.

Les parents de Gaspard

C'est plus convaincant. Et il doit bien y avoir des maladies dont on sait à l'avance quand elles se terminent ou combien de temps elles durent. Ou si c'est mes parents qui doivent le rédiger vraiment, ils ne peuvent pas savoir combien de nuits je partirai, sauf si je leur dis. Ou il y a une durée moyenne pour les fugues (deux jours ?).

Ça me fait penser que je dois laisser un mot aussi pour mes parents le jour J, pour leur dire de ne pas s'inquiéter, que je reviendrai mais que là j'ai besoin d'être seul, de partir à la conquête du monde, un truc du genre (je verrai aussi au moment même quel mot je leur laisserai, même si ça commence à faire plusieurs choses à voir au moment même, et si je dois tout voir à ce moment-là ça risque de retarder le départ du coup).

Jeudi

À la piscine ce matin, j'y repense : c'est vrai, où et quand partir ? Et combien de nuits ? Je suis tellement plongé dans mes pensées que je vois pas qu'il y a une vieille dame devant moi dans le bassin. Je lui fonce dessus, la dame a peur. Je comprends pas ce qui se passe, j'ai peur aussi.

Je crois soudain à un animal dans la piscine. Mais lequel ? Un crocodile ? Un koala ? Un dauphin, dans une piscine ? Impossible.

NE PAS DÉRANGER LE MONSTRE DE LA PISCINE !

Les images et les pensées défilent à toute vitesse alors que je cherche à ne pas avaler de l'eau et m'éloigner de l'obstacle qui bouge dans tous les sens en remuant l'eau autour. Une tortue alors ? J'ai atteint le bord en vitesse. Je pense à l'Écosse où je suis allé l'été d'avant, et au monstre du Loch Ness même si c'est faux (enfin peut-être pas…).

Puis l'animal a parlé et je me suis rendu compte que non en fait, c'est une dame, quand elle s'est retournée pour dire :

— Faites attention jeune homme.

Ça a fait rigoler tout le monde.

J'y pense aussi pendant le contrôle de maths l'après-midi : il faut partir demain ? Après-demain ? Ça paraît tôt.

Je me rends compte que le professeur me regarde et attend une réponse quand il redit mon nom :

— Gaspard ?

Je n'ai pas entendu sa question.

Je ne sais même pas de quoi il parle. En maths, la plupart du temps il faut répondre par des chiffres. Au pire c'est pas la bonne réponse et c'est pas de votre faute, c'est juste que vous n'avez pas compris le calcul à faire qui est très compliqué.

Je tente, l'air concentré :

— 8 ?

— Pardon ?

— 10 ?

Le professeur demande :

— Vous êtes amoureux, Gaspard ?

Je dis non, mais je suis devenu tout rouge.

Il a dit que sa question était : *Est-ce qu'il faut étudier la géométrie pour le contrôle ?* La réponse n'est donc pas 8 ou 10 mais bien : *oui.*

Tout le monde a ri de nouveau.

VENDREDI

Je pense à rien aujourd'hui. Enfin, je ne pense pas à ma fugue.

Enfin j'arrive à ne pas y penser pendant une minute, deux.

Puis j'y pense de nouveau.

En fait j'y pense tout le temps.

À force je vais avoir le cerveau qui chauffe, ça peut être dangereux.

Je dois fuguer pendant la semaine ou le week-end ?

Si je pars ce soir, je peux partir deux nuits sans que mes parents doivent faire un mot à l'école. Mais c'est carrément hyper proche.

Ou je devrais attendre un week-end de trois jours. Ou les grandes vacances. Mais c'est dans trop longtemps, on est fin avril.

Je pourrais demander à un copain de prévenir l'école à la place de mes parents. Je dois y penser en fait, à tout ça.

Et ça ne résout pas le plus important : aller où surtout.

Soudain j'ai plein de questions. Et il est trop tard pour faire comme si elles n'existaient pas.

Ma mère a une expression pour ça : *Le ver est dans le fruit.*

Et là c'est moi le fruit et les questions le ver, enfin les vers. Beurk.

Je n'ai toujours pas les réponses au moment du tournoi d'échecs. Du coup je perds haut la main. Si je n'avais pas eu l'idée de fuguer, j'aurais pu me concentrer et peut-être gagner. Ou si j'avais vraiment fugué, je n'aurais pas été au tournoi et perdu (je n'aurais pas gagné non plus mais pas perdu).

À RETENIR POUR LA PROCHAINE FOIS :

Règle de base #1 :
Il faut faire une chose à la fois
(en tout cas pas un tournoi d'échecs
en préparant une fugue).

Règle de base #2 :
Si tu ne joues pas, tu ne peux pas perdre
(mais tu ne peux pas gagner non plus).

Samedi

J'y ai tellement pensé toute la nuit qu'au petit-déjeuner, tout le monde trouve que j'ai l'air fatigué. Ou c'est le fait d'avoir versé le jus d'orange sur mes céréales et mis de la confiture sur ma tartine déjà pleine de Nutella qui les met sur la piste.

Du coup j'ai fait une liste. Il y en toujours une sur le frigo à la maison, ou sur le bureau de mon père. Avec des trucs barrés et d'autres non. Une liste avec mes questions auxquelles répondre avant tout le reste.

LISTE DES QUESTIONS IMPORTANTES :

- Où ?

- Quand ?

- Combien de jours ?

L'après-midi au parc, je joue au foot avec ma sœur Emma, elle me bat 2-0, alors que normalement c'est au moins 12-0 pour moi. Ça doit se voir que j'ai l'esprit accaparé, ailleurs. Il faut que je fasse attention sinon je vais me faire griller.

Quand on fait une pause dans le jeu, je lui demande, en disant que c'est pour une rédaction pour l'école :

— Toi, si tu fuguais quelques jours, t'irais où ?

— Sur la Lune, mais c'est pas possible. Alors au Texas ou au Brésil.

— Non, un truc plus simple, pour deux ou trois jours

— Le Brésil même deux ou trois jours c'est bien.

— OK, alors un endroit où ils parlent français, sans prendre l'avion ni un bateau pendant des heures.

— Si, un bateau c'est bien. Je ferais une fugue sur une île déserte.

— Ah ouais facile. Il faut trouver un bateau et une île déserte.

— Une fois que tu l'as trouvée, au moins c'est un vrai voyage. Tu mets un hamac entre deux arbres, ou tu fais une cabane en hauteur, tu pêches du poisson que tu fais griller, trop bien. Comme Robinson Crusoé. La journée tu nages, tu explores les fonds marins. Comme Cousteau. Et en plus tu parles à personne puisque c'est une île déserte, du coup t'as pas de problème de langue. Malin, non ?

Je dis :

— Et la forêt, c'est une bonne destination de fugue, non ?

— Non, trop pas. T'imagines s'il pleut, c'est la galère.

— OK, mais peut-être il pleuvra pas.

— Sur une île déserte, il pleut moins.

— Ça dépend où est l'île.

— Bon écoute si tu cherches à tout discuter, ne

me demande pas ce que je pense. Moi je pense qu'une fugue ça ne doit pas être la galère, c'est tout. Et que ça doit être rigolo.

Elle se tait puis elle a une idée :

— Un parc d'attractions, c'est une autre idée. Tu te caches dans un parc d'attractions, tu te nourris que de barbe à papa, de churros et de crêpes. Et tu fais des montagnes russes toute la journée, et toutes les activités que tu veux. Cool comme fugue, non ?

Lundi

En arrivant à l'école, je rejoins Nils, Arto et d'autres copains qui discutent dans la cour (dont Éric et Rick, alors qu'avec leurs prénoms ils auraient dû se faire ami avec quelqu'un d'autre car il suffit de dire « *Eh Rick, ça va* » et ils ne savent pas à qui on s'adresse, ni si on dit « *Éric Éric* » alors que ça peut être aussi « *Éric et Rick* »).

Ils trouvent aussi que j'ai une drôle de mine ou une sale tête, enfin l'air fatigué. Je leur demande ce serait quoi leur fugue idéale. Et combien de jours ?

Moi à J-10 à J-8 à J-5

— Moi je prendrais le premier train au départ de la gare et je monterais dedans, dit Arto. Je m'arrêterais après une heure ou à la première gare qui me semble chouette ou dont j'aime bien le nom.

Rick dit :

— C'est important le nom. Je suis sûr que si New York s'était appelé Chalon-sur-Saône, ça n'aurait pas été la même chose, pas la même ville.

— Moi je ferais du stop pour aller voir les montagnes, dit Éric.

— T'es fou, ça craint le stop.

— Ou alors tu marches, tout droit, le plus droit possible dans une direction, dit Nils. T'as une boussole ?

— Non mais je peux en trouver une.

Éric dit :

— Moi j'irais en Italie.

— On a dit pas loin, je reprécise.

— Ben c'est pas si loin l'Italie. On y est partis l'année dernière en vacances, il y en a pour une journée de voiture. Tu prends la carte bancaire de ta mère et tu prends un taxi. Et là-bas, tu commandes tout ce que tu veux de pizzas. C'est pas irréaliste.

— Ou tu te caches dans une salle de cinéma et tu regardes des films pendant deux jours, dit Rick.

— Tu devrais partir plus longtemps, dit Éric. En deux jours, t'as pas le temps de faire grand-chose. Et tant qu'à partir, autant partir loin.

Ils réfléchissaient avec moi d'autant plus librement que c'était pas leur fugue en vrai mais la mienne. Et du coup c'était plus facile de dire tout ça vu qu'ils n'allaient pas le faire après-demain non plus.

Plus je demande d'avis, plus j'ai de réponses différentes, d'avis de toutes sortes. Et ça m'embrouille encore plus. Je regarde la liste de tout ce qu'on m'a dit (j'ai barré ceux pas utiles, trop lointains ou impossibles) :

- ~~Brésil~~
- Musée d'Histoire naturelle (une nuit)
- ~~Lune~~
- Italie
- ~~Jungle~~
- Ville (avec ou sans pont)
- Parc d'attractions
- ~~New York~~
- Grenier
- Salle de cinéma (deux nuits)
- ~~Bateau + île déserte~~
- Forêt

Sans compter ceux comme Rick qui disent que les fugues ça ne sert à rien car on est souvent plus content de rentrer que de partir, donc autant rester chez soi. D'autant qu'une fugue on sait que c'est pas pour toujours, donc autant ne pas la faire.

Mais ça veut rien dire : les vacances aussi c'est pas pour toujours et on part quand même en vacances.

Ça devenait trop complexe.

Les possibilités étaient infinies. Et trop de choix tue le choix.

Ou alors il fallait faire un sondage, réduire la liste aux choix possibles et faire un vote à main levée dans la cour de récréation :

Qui pour la salle de cinéma ? Qui pour la forêt ? Qui pour une ville ?

ÉLECTION DU MEILLEUR ENDROIT DE FUGUE

Mardi

Mardi comme un lundi.
Rien de spécial.

Mercredi

Je me suis décidé à aller voir le grand de CM2. Celui qui a redoublé et est toujours en retrait sur son banc, derrière un rideau de cheveux. Je me suis approché, pour lui dire que j'avais une question. Je sais qu'il a déjà fait une fugue et il pourrait m'aider.

Il a ouvert son rideau de cheveux avec ses mains, il m'a regardé puis il a hoché la tête.

Il en avait fait plusieurs dont il me fit le récit : une fugue sur le toit de son immeuble avec une vue à des kilomètres à la ronde et toutes les lumières de la ville autour la nuit. Une dans une cabane de chevaux dans une prairie, avec les animaux qui dormaient debout dans l'obscurité. Une dans le poulailler de son oncle à la campagne (ça, ça avait l'air moins bien).

C'était un peu le roi de la fugue, et c'était un vrai récit cette fois, pas des bobards (il n'avait jamais fugué sur un bateau pour se réveiller en Algérie). Il s'appelle Jean-Jacques, ça contraste avec son allure. Et avec un prénom pareil, je me mettrais moi aussi derrière un rideau de cheveux. Je n'ose pas lui demander si c'est vrai l'histoire du pipi. Il a un peu une allure de surfeur ou de sage comme on voit dans les films, assis en tailleur, entre Maître Yoda et la chenille dans *Alice au pays des merveilles*, surtout quand il a dit :

Surtout il avait un avis, très simple et évident, quand il a ajouté :

— Une fugue ça doit pas être loin, ça doit être bien. C'est ce que tu veux que ce soit. T'as envie de quoi ?

Je m'apprêtais à répondre, mais il a tendu la main pour dire non :

— C'est pas à moi que tu dois répondre mais à toi-même. Et surtout, il n'y a pas de meilleur moment pour faire une fugue : c'est quand tu le sens que ça doit avoir lieu. Tu fixes un lieu, une date. Et hop.

Il a raison. Et il n'y a pas besoin de connaître toutes les possibilités de fugues ou toutes les histoires des autres pour décider de la sienne. Il s'agit de ce que je veux. Comme j'aurais pu rajouter poulailler, cabane de chevaux et toit d'immeuble sur la liste des lieux que j'avais notés, mais dans le fond si je m'écoute, je sais (et pour savoir, il faut parfois juste se faire confiance).

Ce que je veux, c'est : voir la lune la nuit, le lever du soleil, croiser des animaux dans la forêt, et ne pas voir d'humains pendant deux jours. Comme les images de l'Alaska ou du Canada que j'ai vues, vivre dans les grands espaces.

La réponse c'est : la forêt.

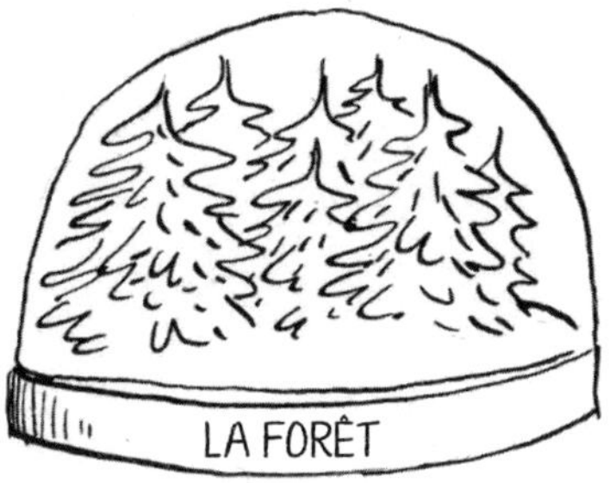

Il y en avait une à une heure de la maison, où on avait été chercher des champignons en famille l'automne dernier. J'avais repéré un grand rocher au bord d'une clairière où s'abriter s'il se mettait à pleuvoir.

Je me demande soudain si les gens qui vivent très haut dans le Nord font autant de fugues que ceux qui vivent dans le Sud, car c'est quand même plus facile quand il fait chaud et beau, que quand on est sur la banquise et qu'on risque d'être gelé la nuit en sortant de son igloo (et qu'en plus, une fois hors de l'igloo, c'est la banquise à 360 °, donc où aller sans qu'on vous voit à des kilomètres à la ronde ?).

VUE QUAND ON SORT DE L'IGLOO.
BONNE CHANCE

OK, c'était donc la forêt. Il fallait maintenant fixer une date (n'importe laquelle). Partir deux nuits pour commencer (c'était ma première fugue, si c'était bien je pouvais en faire d'autres plus longues ensuite, on verrait après, et on verrait vraiment après cette fois). Je pouvais faire ça la semaine prochaine (car ce week-end, ça me laisse que deux jours, c'est-à-dire pas beaucoup de temps si on veut faire les choses bien, non ?).

Avant de repartir, Jean-Jacques me dit encore une chose :

— Un conseil : prends assez de chaussettes, c'est important. La première fois, j'en ai pas pris assez et je l'ai regretté, je n'ai plus jamais fait cette erreur après.

Je trouve son dernier conseil étrange mais je réponds :

— OK.

Il a peut-être un rapport bizarre aux chaussettes, ou il a vite froid aux pieds, ou ses pieds transpirent beaucoup et il doit impérativement changer souvent de chaussettes.

Je sais pas, mais j'en prendrai assez au cas où il y a une raison.

Jeudi

La météo est bonne pour la semaine prochaine. 22 °C la journée et 15 °C la nuit. J'ai regardé discrètement sur le téléphone de ma mère.

Le trajet de chez moi à l'entrée de la forêt est de 48 kilomètres, que le bus de la ligne 12 met une heure vingt à effectuer en moyenne. C'est ce qui est indiqué sur Google Maps.

Je le dis aux copains pour la forêt et la date : vendredi prochain.

Sujet réglé. Il n'y a plus qu'à m'organiser, ce que j'ai déjà commencé à faire : résoudre des questions concrètes car concrètement il y a d'autres questions (et je préfère celles-ci).

J'en ai commencé la liste (une nouvelle liste) dont je peux barrer les trois premiers points maintenant qu'ils sont résolus :

LISTE DE QUESTIONS CONCRÈTES :

~~- Météo ? Il va faire froid ? : ça va~~

~~- Comment y aller : vélo, bus, train, skate voiture ? : bus, ligne 12~~

~~- Dormir où ? Sous le rocher~~

- Ticket de bus ou train à acheter (2), avec quel argent ?
- Manger quoi ? Prendre dans le frigo ?
- Point d'eau à proximité ?
- Faire la liste du matériel à prendre

— Pour ce qui est de manger, te prends pas la tête, dit Arto. T'as qu'à acheter des sandwichs pour les trois jours.

— Ou des Babybel, du saucisson et des chips, répond Nils. Nous on prend ça chaque fois qu'on voyage et c'est comme un repas.

Je dis :

— Là il m'en faut pour six fois en comptant les deux petits-déjeuners, ou sept si je rentre après le déjeuner.

— Ah ouais, du Babybel, des chips et du saucisson sept fois d'affilée ça craint, a fait Nils. Et même des sandwichs, je suis pas sûr.

Vendredi

C'est comme une chaîne qui s'est formée. Mes copains ont commencé à prendre des trucs à la cantine pour moi, ou mettre de côté leurs goûters. Et même des élèves que je connais moins bien mais qui voulaient aider.

J'ai compté, en une journée j'ai déjà sept biscuits, trois pommes, deux bananes, des fruits secs.

PROVISIONS PAS UTILES POUR UNE FUGUE
RAPPORTÉES PAR DES COPAINS
(mais merci quand même) :

- Purée de pomme de terre
- Flan
- Île flottante
- Lasagne
- Beurre

J'ai commencé aussi à prendre des choses dans le frigo à la maison, discrètement, pour les mettre dans un sac qui pend à ma fenêtre, comme ça la nuit ça reste quand même au frais. Je suis sûr qu'en quelques jours j'aurai ce qu'il faut.

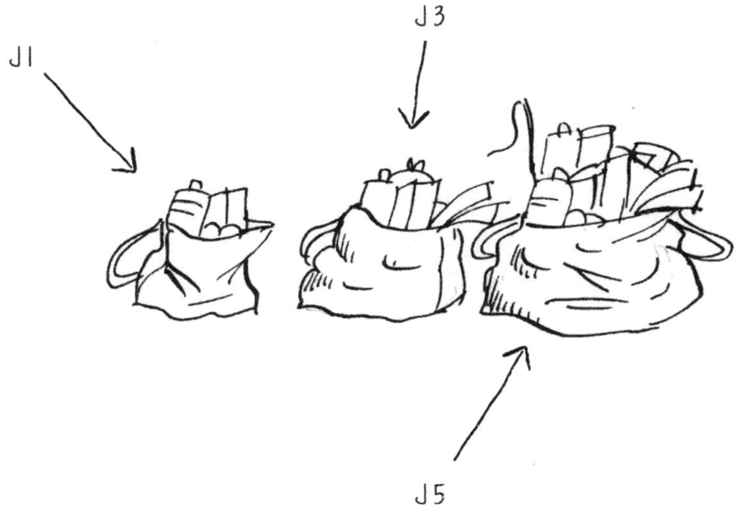

Pour les tickets de métro, j'ai prétendu que j'avais une sortie de classe lundi mais qu'elle n'est pas marquée dans le journal de classe. Facile, j'ai eu deux tickets (car il faut penser au retour aussi, je vous dis : il faut penser à tout). J'ai dû mentir mais c'est pour la bonne cause (car la cause c'est moi, mon bonheur, mon autonomie, c'est une cause qui se défend).

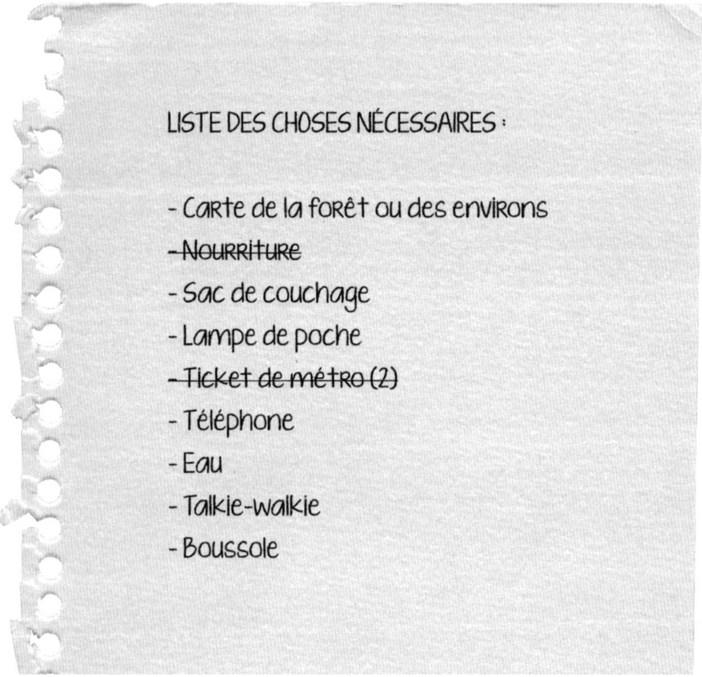

LISTE DES CHOSES NÉCESSAIRES :

- Carte de la forêt ou des environs
- ~~Nourriture~~
- Sac de couchage
- Lampe de poche
- ~~Ticket de métro (2)~~
- Téléphone
- Eau
- Talkie-walkie
- Boussole

— Les talkie-walkie ça sert à rien vu que tu pars seul, me dit Arto après avoir vu la liste.

Il a raison. Il me passe son téléphone car lui ne s'en sert jamais.

Il en a reçu un au cas où il aurait un problème mais il n'a pas eu de problème jusqu'ici. Il ne voit pas pourquoi il en aurait un justement maintenant. Et ça pouvait me servir si moi j'avais un problème.

Car comme Arto a dit :

— Je veux pas te faire flipper mais t'as plus de chance d'avoir un problème seul en pleine forêt la nuit que moi chez moi.

Nils a rajouté :

— Qui cherche les problèmes les trouve.

Mais on lui a dit que ça n'avait rien à voir.

Pendant le cours de français, Nils fait passer un mot dans la classe jusqu'à moi, via Aurélia et Sacha, pour dire que je dois prendre aussi des mouchoirs ou du papier toilette.

Il a raison (je n'y avais pas pensé et c'est mieux d'y penser maintenant qu'au moment où j'en aurai besoin). Je lui ai fait un pouce en l'air pour dire bien joué.

OBJETS POUVANT SERVIR DE PAPIER TOILETTE
DANS LA FORÊT EN CAS D'OUBLI DU PAPIER TOILETTE :

- Feuille d'arbre : 4/10
- Épines de pin : 1/10
- Mousse : 2/10

Pour l'eau, à moins qu'il y ait un ruisseau, je prendrai une grande gourde et je trouverai un moyen de la remplir (mon rocher n'était pas si loin d'habitations). Je n'aurai qu'à dire que je pique-nique pas loin avec ma famille mais que mes parents ont oublié de prendre de l'eau. Ou que je suis scout et que ma troupe campe pas loin, c'est mieux encore (du coup, j'ai rajouté sur ma liste de trouver un foulard qui ressemble à celui des scouts, pour être crédible quand j'irai demander de l'eau).

Mais je trouvais pas de boussole. Pourtant il faut arriver à se repérer dans la forêt, sinon on se perd vite car il n'y a rien qui ressemble plus à un arbre qu'un autre arbre. À moins de laisser des cailloux sur le sol, mais sérieusement j'ai passé l'âge.

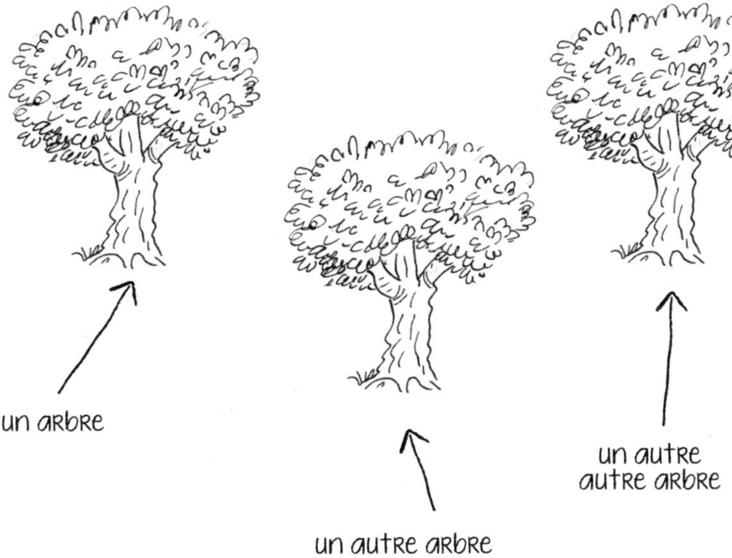

Samedi

J'ai commencé à réunir sous mon lit les affaires à mettre dans ma valise, enfin dans mon sac (je sais pas s'il y en a qui fuguent avec une valise, encore moins dans la forêt). J'ai tout mis là en attendant.

Sauf la nourriture et les Babybel du sac dehors car ma mère a peur des souris, et leur mettre du fromage comme ça sur le sol, c'est un peu comme les appeler au mégaphone.

Dès que je peux, je m'informe mine de rien auprès de mes parents, sur plein de choses différentes :

— Comment on cuit des pâtes (j'adore les pâtes carbonara) ?

Dans la forêt il n'y aura pas de poêle ou de gazinière, alors il faudra faire un feu. Mais on peut faire des pâtes sur un feu ?

— Comment on fait un feu ?

Je demande à mon père de m'expliquer. Il commence à m'expliquer. En fait, je veux qu'il me montre, dans la cheminée à défaut de le faire dehors, mais sans utiliser d'allume-feu ou de journal.

— Pourquoi ?

— Pour comprendre comment ils faisaient à la préhistoire.

— Donc je ne peux pas utiliser de briquet ou d'allumettes non plus ?

— Si.

— Mais ils n'en avaient pas à la préhistoire.

— C'est pour comprendre comment ils ont fait avant l'arrivée des allume-feu ou des journaux.

Mon père me regarde en fronçant les sourcils.

— OK, bizarre mais OK.

Il met du temps à allumer les trois bûches, il souffle, recommence, il galère alors que le bois est sec. Ça semble trop compliqué.

Tutorial : comment faire un feu en galérant

Je ne vais pas faire de pâtes finalement. Et je ne vais pas prendre une casserole dans mon sac en plus (sinon autant aller dans la forêt en camion de déménagement).

— Merci, j'ai compris.

Je pars du salon. J'ai pas envie non plus de mettre le feu à une forêt, ce ne serait pas une fugue très discrète, et pas très écolo pour la planète.

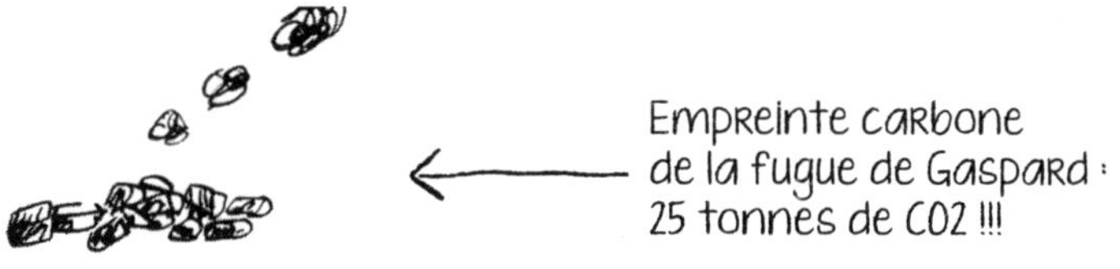

Plus tard dans la journée, je demande, à ma mère cette fois :

— Combien de temps tient le Babybel hors du frigo ?

— Pourquoi ?

— Comme ça, je m'informe, ça m'intéresse.

— Deux jours, je dirais.

— Et après il se passe quoi ? On tombe malade si on en mange ?

Sa réponse n'est pas très claire mais ça n'a pas l'air très dangereux si dehors il ne fait pas trop chaud et s'il ne gèle pas.

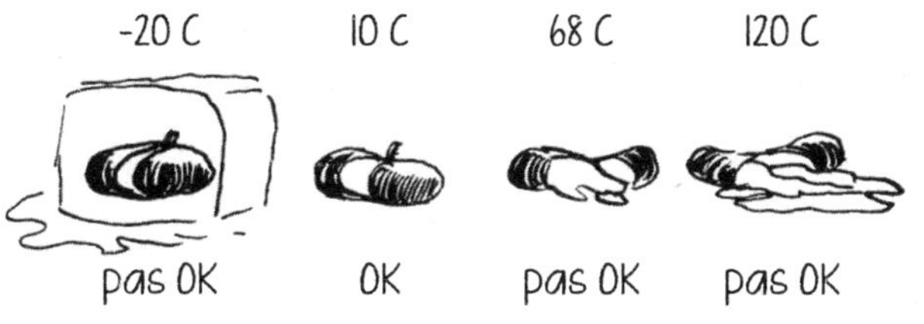

Je pose des questions aussi à table ou quand mon père répare un truc dans l'entrée, mais en ayant l'air détaché, comme si les réponses ne me concernaient pas vraiment, que je pose les questions comme ça, sans raison.

— Comment on s'oriente si on n'a pas de boussole ?

Mon père demande si ça a de nouveau un lien avec la préhistoire. Mais non.

— Et c'est laquelle l'étoile polaire, et elle indique quoi ? Comment on peut se repérer avec elle ?

Mes parents me trouvent un peu étrange ces jours-ci, enfin surtout aujourd'hui. Ou très curieux.

— Ben c'est bien de se poser des questions non ?

— Oui, c'est très bien.

Ils disent que c'est positif mais ils n'ont plus l'habitude que je pose autant de questions.

Quand il ne connaît pas exactement la réponse, mon père cherche sur le Net, pour ne pas dire n'importe quoi (il y a moyen d'avoir des réponses à tout quand on cherche un peu). C'est fou le nombre de choses à savoir ou de choses auxquelles je n'aurais pas pensé et auxquelles c'est mieux d'avoir réfléchi avant de partir.

Alors que dans les histoires et les bandes dessinées que j'ai lues jusqu'à maintenant, on se fiche de savoir comment il faut faire concrètement les choses.

L'auteur dit que le personnage de 12 ans se rend par exemple en Amazonie, mais il n'explique pas :

— Comment il y arrive, par quel moyen de transport ?

— Avec quel argent ?

— Si ses parents s'inquiètent ?

— S'il a fait les vaccins ? Si oui, lesquels ?

— Si quelqu'un l'attend sur place ?

— Comment il communique là-bas s'il ne parle pas la langue ?

Tout est simple d'une page à l'autre alors que, quand on y pense, c'est pas si simple dans la réalité. Pas impossible mais plus compliqué quand même. Sauf évidemment si on peut se téléporter, s'envoler, lire dans les pensées, utiliser des pouvoirs magiques, c'est-à-dire jamais ce qu'on peut faire dans la vraie vie.

SUPER-POUVOIRS DE LA VRAIE VIE :

- Marcher
- Manger
- Dormir
- Se brosser les dents
- Jouer au football

D'ailleurs, je pourrais peut-être écrire un livre là-dessus après, pour ceux qui comme moi veulent faire une fugue et ne savent pas comment s'y prendre : *Guide pour faire une fugue à 10 ans.* Enfin ça marche aussi pour plus grand (donc *Guide pour faire une fugue,* c'est mieux). Car à force je vais devenir un expert en fugue.

Tout ça me fait penser que je dois aussi voir combien j'ai comme argent de poche, au cas où j'aurais un problème qui demande les grands moyens.

Je regarde dans mon porte-monnaie caché dans mon tiroir sous mes sweat-shirts.

Vingt euros, c'est ce qu'il me reste de ce que j'ai reçu de mes grands-parents pour mon anniversaire.

C'est pas les grands moyens mais ça peut servir.

Dimanche

Je regarde tout ce que j'ai réuni. Je suis presque prêt. Sauf que le tas sous mon lit ressemble à une petite montagne qui ne tiendra jamais dans aucun sac. Et encore moins à mesure que chacun des copains rajoute des choses (Arto : un arc et des flèches, Nils : une bassine pour récolter l'eau de pluie). Tout ça est impossible à transporter.

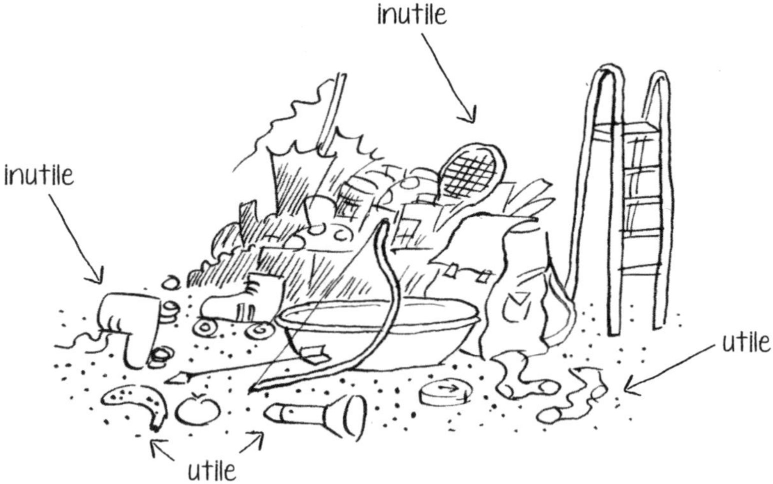

Ma sœur Emma vient me voir dans ma chambre. Elle voit le tas, elle a deviné que l'histoire de la fugue ce n'est pas pour une rédaction pour l'école. Elle me dit :

— Je le savais déjà avant, depuis plusieurs jours.

Elle a toujours eu l'esprit plus pratique que moi, elle pense à tout et cherche toujours toutes les solutions. Et là, elle a pensé à quelque chose de très important :

— Les loups.

— Quoi les loups ?

— S'il y a des loups, et ça on sait jamais à l'avance, tu dois apprendre leur cri pour te faire passer pour un des leurs. Ou celui des ours pour faire peur aux loups, c'est toi qui vois ce que tu préfères.

Elle me montre une vidéo où on voit un ours grogner dans une forêt près d'une rivière, elle tente de l'imiter. Elle le fait hyper bien.

— Et si tu apprends celui des ours, eh bien s'il y a des ours ça te servira aussi pour te faire passer pour un des leurs. En parlant l'ours, tu résous deux problèmes d'un coup.

Quand je me demande ce que j'aurais pu oublier, en faisant le tour de la maison, j'ai envie de tout prendre en fait. Tous mes habits : un pantalon de rechange, un tee-shirt, un short s'il fait chaud, un bonnet s'il fait trop froid, un maillot (ça dépend s'il y a une rivière ou non). Et des chaussettes, plusieurs paires.

Mes jouets aussi, pas tous mais il y a plein de choses auxquelles je jouerais bien une fois que je serai tranquille sous mon rocher.

Et de la musique, des crayons pour dessiner, un cahier, mais aussi des figurines pour les disposer autour sur le sol, et un livre trop bien que je lis en ce moment, et une BD que j'aimerais bien relire.

Et les objets de cuisine qui pourraient me servir : des couverts, du Sopalin.

Le chien aussi, je prendrais bien aussi le chien. Ça ferait du bien à Zut d'être dans la forêt, de dormir dehors, comme quand sa race était sauvage. Et il me protégerait si jamais il y a des loups qui ne comprennent pas que je suis des leurs ou que je suis un ours.

Je prendrais bien ma toute petite sœur Dagmar, car elle va me manquer.

Et Emma pour faire l'ours au cas où ni moi ni Zut on serait convaincants.

Mais c'est pas possible, il faut faire des choix. Et j'ai pas besoin d'avoir autant de vêtements, car dans une fugue c'est même obligé de mettre les mêmes vêtements plusieurs jours de suite (c'est plus dans l'esprit). Pour le reste, sans savoir à quoi ça ressemble sur place, c'est pas facile de savoir de quoi on a besoin (c'est que la première fois que je fugue).

Je ne vais pas faire une répétition générale pour le savoir.

Quoique, au fond, ce serait une idée. Faire un repérage, tout faire comme si, pour voir si j'ai toutes les réponses, si j'ai pensé à tout : faire un sac, prendre le bus, aller dans la forêt, quoi manger, où dormir, s'allonger, observer ce qui manque.

Comme les skieurs professionnels font tranquillement la piste du slalom géant avant la compétition pour repérer, en observant tout bien avant de la descendre pour de vrai cette fois, à toute vitesse.

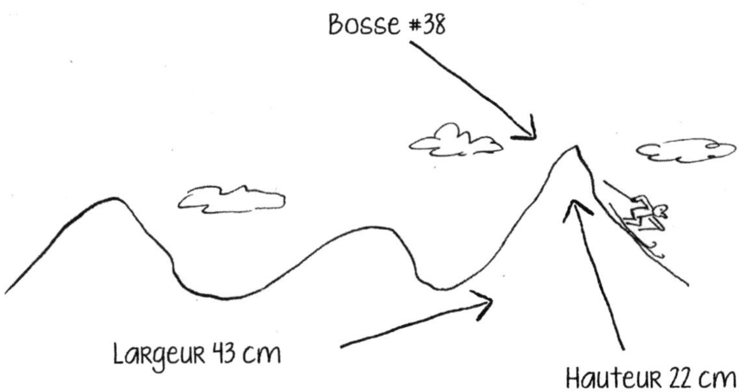
Bosse #38
Largeur 43 cm
Hauteur 22 cm

Mais les choses doivent rester spontanées, sans ça c'est plus la même chose le jour J. Et dans la vie on ne répète pas tout ce qu'on fait. Sinon on pourrait tout répéter :

– le jour où on entre à l'école,

– le jour où on va embrasser une fille pour la première fois,

– le jour où on fait une bagarre,

– le jour où on doit s'excuser devant ses parents après avoir fait une très grosse bêtise (mais ça voudrait dire qu'on avait prévu bien à l'avance de faire exprès la bêtise, c'est donc pas excusable).

J'ai trouvé une façon de faire mon bagage : je classe les objets par ordre d'importance sur le lit. Puis je les mets dans le sac, les plus importants en premier, et quand le sac est plein, voilà, c'est bon, le sac est fait.

Je m'assieds dessus et je remonte la fermeture.

Ah, il faut que je rédige un mot pour mes parents. Je ne veux pas qu'ils s'inquiètent (et pas non plus qu'ils appellent la police ou les pompiers) et autant le faire maintenant.

Chers parents,

Je pars. Mais je reviendrai bientôt.
Ne vous inquiétez pas.
Ciao.

Votre fils Gaspard

C'est un peu sec, pas sympa. Je recommence :

Mes parents chéris,

Je fais une fugue. Pas loin. Pas longtemps.
Faites-moi confiance.
Je vous embrasse.

Gaspard

Ça c'est mieux. Mais s'ils ne trouvent pas le mot ? Ou s'ils voient le mot et appellent la police quand même ?

Ma sœur Emma me voit, elle voit ma tête tracassée, elle dit :

— Faut que tu arrêtes de te mettre trop la pression. C'est qu'une fugue. Pas la traversée en solitaire de l'océan Atlantique ou du pôle Nord.

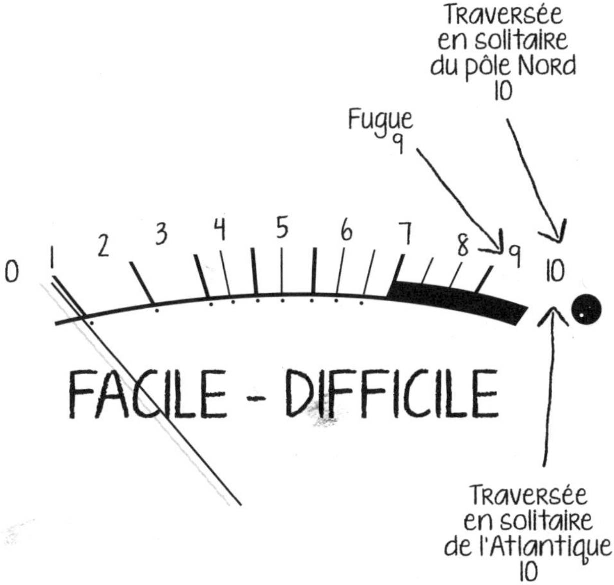

— C'est facile à dire, tu verras quand t'en feras une.

— Moi j'ai pas envie de faire de fugue.

— Ben tu verras alors le jour où tu en auras envie.

— Peut-être jamais, je suis bien ici.

Emma hausse les épaules. Puis elle part de ma chambre.

En même temps elle a raison, je me mets trop la pression.

Lundi

Dans le couloir en allant en cours d'EPS, je croise Jean-Jacques (celui qui a fait une fugue) :

— Alors c'était bien ta fugue ?

— Je ne l'ai pas encore faite.

— Ah bon ?

— Je dois encore régler deux trois trucs.

Il me regarde en silence puis me dit en me fixant dans les yeux :

— L'aventure, si on sait tout à l'avance, c'est plus l'aventure.

En fait, Jean-Jacques c'est le gourou de la fugue.

OK le temps passe, en même temps, je suis pas pressé.

Une fugue, c'est pas un yaourt. Il n'y a pas de date de péremption dessus. Sauf si je prépare vraiment trop longtemps et que je ne la fais pas, alors là je deviendrai pour tous celui qui prépare une grande fugue depuis des mois mais dont personne ne sait quand il la fera. Ou même s'il la fera un jour. Limite, je serai alors celui sur qui on pourrait faire des paris.

Et ça, ça craint.

Mais c'est pas mon cas.

— La date est fixée, je dis à Jean-Jacques. C'est vendredi.

Pour montrer que je suis carré. Fiable.

Et vendredi c'est dans quatre jours.

Mardi

OK, tout est prêt. Plus que trois jours à attendre. Relax.

Après les cours, on a visité le collège de mes parents, celui qu'ils veulent pour moi. Il est mieux que ce que j'avais pensé. On a rencontré le directeur qui m'a posé des questions, il est sympa pour un directeur (mais ça reste un directeur).

J'avais deux trois copains de la classe qui y iraient aussi a priori.

Ça ne change rien à ma fugue.
Quoique.

C'est peut-être pas si chouette une fugue d'ailleurs, sinon tout le monde en ferait une, même plusieurs.

Ou alors, quand on parle beaucoup de quelque chose ou qu'on y pense trop, ça rend l'attente plus forte, et les choses sont décevantes après.

Ou on en a tellement parlé qu'on n'a plus tellement besoin de le vivre. C'est comme un chewing-gum qu'on a trop mâché, tout pâteux, ça n'a plus vraiment de saveurs.

Mais si je ne fais pas de fugue, je vais décevoir mes copains, ma sœur (je ne serais alors pas un exemple pour elle), ou ils vont croire que je me dégonfle. Et je vais me décevoir moi aussi.

Je ne sais plus soudain. Ça devient compliqué.
Je me mettais vraiment la pression en fait.
Peut-être parce que vendredi approchait.
Mais pas que :

S'il y avait vraiment des animaux sauvages dangereux dans la forêt, j'allais faire quoi ? Si la police ou les pompiers étaient prévenus par mes parents et me cherchaient, est-ce que je devais me montrer pour dire que tout allait bien, ou me cacher pour aller au bout de ma fugue ? C'était pas évident à résoudre, même si pour les pompiers et policiers je pouvais aussi leur laisser un mot.

Chers pompiers et agents de police,

Tout va bien.
Mes parents ont toujours été inquiets pour moi
mais c'est comme ça depuis ma naissance.
Je suis grand maintenant.
Je reviens bientôt chez moi. Vous pouvez partir.
Désolé pour le dérangement.

Gaspard

OK, tout ne devait pas être résolu avant, mais certaines choses oui et elles ne l'étaient pas. Donc il fallait des réponses pour pas que les questions deviennent des problèmes. Mais qui pourrait les avoir ? À part mes parents peut-être mais je ne voulais pas leur en parler (et ce serait plus une fugue si je leur en parle).

Mercredi

Je me suis renseigné, j'ai regardé la définition sur Internet.

Fugue : action de partir momentanément quelque part, escapade sans conséquence. C'est quoi sans conséquence ? Tout a toujours une conséquence, non ?

J'ai aussi lu une autre définition : *Fait pour quelqu'un, en particulier pour un mineur, de s'enfuir de son domicile.*

Une fugue, c'est donc tout tant qu'on n'est pas chez soi. Les parents peuvent être au courant, ça reste une fugue. Tant qu'ils ne savent pas où je vais, ni quand, ni pour combien de temps.

Donc *techniquement* je pouvais leur en parler et ça restait une fugue.

Il y avait aussi : *Impulsion qui pousse un individu (généralement un enfant ou un adolescent) à quitter son milieu social, familial, et à partir souvent sans but et à l'aventure.* Or partir à l'aventure, c'est déjà un but en soi ! Et nulle part il était dit que ça devait être fait sur un coup de tête, ça pouvait se préparer. Pas qu'un truc spontané.

Donc je leur en parle, alors qu'ils sont dans la cuisine.

— Il y a un truc qui me tracasse. Je suis pas sûr de vous en parler mais je vous en parle quand même mais vous écoutez jusqu'au bout avant de réagir, OK ?

— OK.

— Je vais faire une fugue. Mais c'est pas du tout pour attirer votre attention, au cas où vous croiriez ça. Et c'est pas pour ça que je vous en parle non plus, pour que vous le remarquiez, mais parce qu'il y a des problèmes pratiques, j'en ai trois surtout.

Mes parents restent immobiles, sans réaction, ils attendent la suite.

— Donc imaginez je suis dans la forêt, ou ailleurs, quelque part, et là je fais quoi ? J'ai défait mes affaires et allongé mon sac de couchage. J'ai de quoi manger, de quoi boire, de quoi dormir. Ou une fois que je suis réveillé le lendemain, je fais quoi toute la journée ?

Mon père me dit :

— On ne peut pas tout savoir à l'avance. Tu verras. Et c'est pas vraiment un problème.

— Mais un peu quand même. Et pour moi ça l'est.

— Tu découvres, tu regardes, tu explores le monde devant toi, le ciel, le plaisir d'être seul, tu lis au soleil ou sous un arbre. C'est ça une fugue, la liberté. C'est le but, non ? Comme tu pourrais aussi aller chez un copain, comme tu pourrais marcher et marcher encore. Une fugue c'est ce qu'on veut. Il n'y a pas une fugue type.

Mon père parlait comme Jean-Jacques, le grand de CM2. Il disait la même chose. Mon père était peut-être aussi à mon âge une sorte de Jean-

Jacques, car en fait on ne sait rien de ses propres parents à notre âge, quand ils ont 10 ans, ou 8 ans, ou 12 ans.

MES PARENTS À 10 ANS :
UN JEAN-JACQUES ET UNE JEAN-JACQUELINE ?

À la fois, j'ai pas envie de savoir s'il en a déjà fait une. Et peut-être que tout le monde sait la même chose sur les fugues, même sans en avoir fait une. Mon père demande soudain :

— Tu sais qui c'est Christophe Colomb ?

— Ben oui, c'est celui qui a découvert l'Amérique.

— Eh bien il a dit : « *On ne va jamais aussi loin que lorsqu'on ne sait pas où l'on va.* » Et en croyant aller en Inde, il a découvert un nouveau continent. Donc relaxe-toi. Tout ira bien.

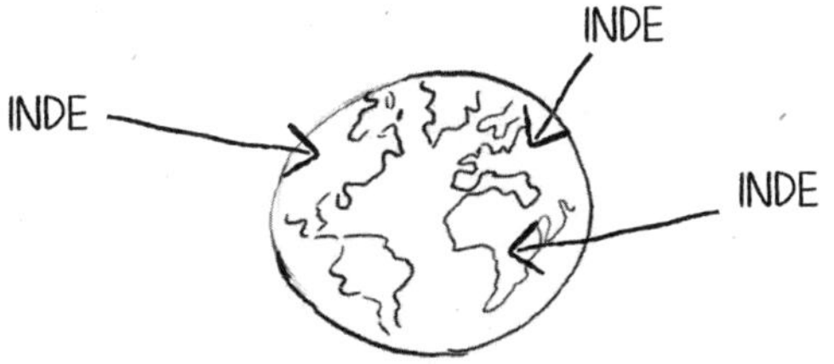

LE MONDE SELON CHRISTOPHE COLOMB

Ma mère demande :

— Et le deuxième problème, c'est quoi ?

— Les animaux sauvages, genre ours ou loup, il y en a en France ?

— Des loups oui, mais pas dans notre région. Des ours, non plus.

— OK.

Mon père enchaîne :

— Et le troisième problème ?

— En fait c'est pas tant un problème qu'une chose que j'ai à vous demander : le jour où je fais ma fugue, a priori entre jeudi et dimanche (je voulais pas tout leur dire non plus), je veux pas que vous appeliez la police ni les pompiers pour partir à ma recherche. J'aimerais que vous me fassiez confiance. Comme je vous fais confiance en vous en parlant là.

Ils se regardent sans rien dire. Ils se demandent quoi répondre ou ils se demandent qui des deux va parler en premier.

Comme aucun ne parle, je continue :

— J'ai pas envie que vous vous tracassiez, et si je laisse un mot ça suffira pas. Et si les pompiers ou les policiers viennent en pleine nuit dans la forêt, ou quelque part, la ville, enfin là où je serai, c'est plus la même chose du tout. Je veux une fugue sereine.

J'en n'avais pas trop dit je crois (je m'étais rattrapé à temps pour la seconde fois, et il y a plein de forêts). En leur parlant, je me disais que j'aurais pu laisser le mot et c'est tout, leur faire confiance (enfin confiance sur le fait qu'ils me fassent confiance, vous voyez ?).

Mais ça aussi je leur ai dit, que je devais prévoir, c'est comme ça :

— Certains mettent peut-être juste deux trois affaires dans un sac, claquent la porte et puis marchent droit devant et ils verront bien ce qu'ils feront sur le moment (ou c'est juste des histoires qu'on raconte). Moi pas. Je suis prévoyant, perfectionniste. Et je ne sais pas combien de fugues je ferai dans ma vie, j'ai envie de bien la faire, que ce soit une chouette fugue. Pas une fugue ratée. C'est un projet, et un projet se prépare. Vous voyez ?

Ils voient.

Ils se regardent de nouveau sans rien dire, ils hochent la tête et ils se lèvent. Mon père dit :

— Déjà, montre-nous ta valise.

Dans ma chambre, je leur montre mon sac.

— On ne prend pas une valise pour une fugue, mais un sac.

Je dis ça histoire de montrer que je maîtrise le sujet.

Ils vérifient vite fait, l'œil précis.

Je leur montre le sac de nourriture qui pend dehors par la fenêtre.

Ils sont impressionnés par tout ce que j'ai déjà prévu.

Mon père demande :

— Tu pars deux mois ou quoi ? C'est trop.

Ils rectifient, sortent des choses, en mettent certaines de côté :

— Ça tu en as besoin, ça non.

— Pour certaines choses, ça dépend où tu vas. En forêt on dirait.

J'ai fait oui de la tête mais je n'ai pas dit laquelle.

Je dis que c'est une forêt européenne, pas la jungle, pour les rassurer. Ils n'ont pas besoin de tout savoir pour aider à préparer.

Mes parents font une check-list, parfois ils ne sont pas d'accord entre eux mais pour l'essentiel oui :

— Trousse de base : lampe de poche, sparadraps… OK.

— Boussole, couteau suisse.
— Non, pas couteau suisse.
— Oui, t'as raison.
— K-Way, mouchoirs, sac de couchage.

Ils pensent à plein de choses, vérifient, cochent sur une liste. Ils font ça de façon précise, sûre, efficace. Mon père dit :

— Il manque une petite bâche au cas où le sol serait humide.

Ma mère acquiesce de la tête, va chercher de quoi en faire une.

Soudain, j'ai l'impression d'être avec des professionnels. Ou c'est ça être adulte : avoir des réponses sur plein de choses. Pas sur tout mais sur plus de choses quand même que quand on est enfant.

Mon père est sorti de ma chambre pour revenir avec un roman, *Moby Dick*. Et une carte des étoiles.

— Tu vas voir, ça te sera utile cette carte, et le

livre est super pour une fugue, c'est une autre forme d'aventure.

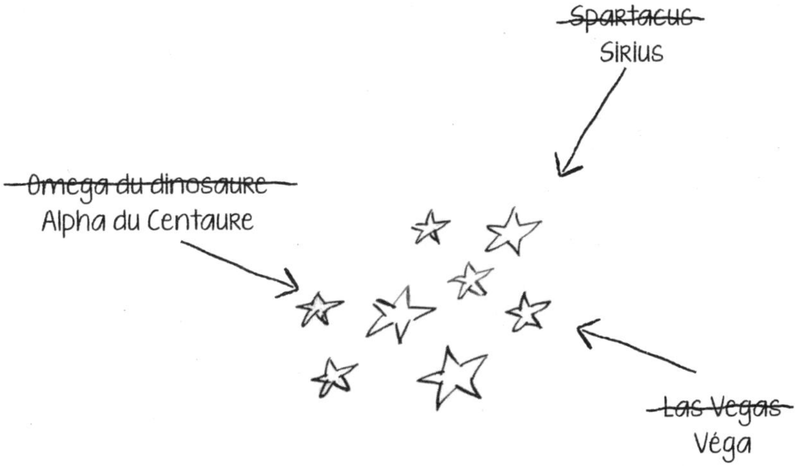

Ma mère dit :

— Prends un crayon si tu t'ennuies et un cahier. Comme ça tu pourras noter ce que tu vois, dessiner à quoi ça ressemble pour nous raconter ta nuit à la belle étoile.

— C'est une fugue. Pas une nuit à la belle étoile.

— OK.

— Non sérieusement, je dis.
— OK, sérieusement.
— J'ai déjà pris un crayon et un cahier.
— OK alors, tout semble en ordre.
Mon père rajoute :
— Tu pars *une* nuit.
Je suis d'accord.
— Et tu nous dis quand tu pars ou on le saura le moment venu ?
— Vous verrez bien.
— OK.
— Mais c'est vendredi matin, j'ai ajouté.
Mon père sourit. Moi aussi.
Il dit :
— On te fera un mot pour l'école.

Jeudi

C'est J-1. Tous font comme si de rien n'était. On n'en parle pas au petit-déjeuner. Puis ma mère reçoit un SMS pour moi de mon grand-père, il a entendu parler de mon projet par elle.

Je lis le SMS : « *Pour partir en voyage il faut une valise bien faite. Et la tienne est bien faite.* » C'est gentil.

D'un autre côté, je n'ai pas envie que tout le monde soit au courant.

Je ne vais pas faire la une du journal de l'école non plus, avec une photo de mon sac et moi prise par un photographe qui m'attendrait en bas de chez moi le jour J (demain), avec le titre en grand :

En terminant les derniers préparatifs, en bouclant mon sac, je me rends compte que pour la première fois mes parents me considèrent comme un grand (cette fois en fait ils me comprennent).

Ils n'ont pas demandé pourquoi je voulais fuguer, et ça me va. Car les raisons ne regardent que soi. Ou c'est ça la confiance : respecter (et donc pas poser toutes les questions possibles).

Sauf quand ils ont proposé :

— Si tu veux, demain on peut te déposer. Pas à l'endroit exact mais pas trop loin pour que ce soit plus simple pour toi que de trimballer ton sac qui pèse des tonnes en bus. Et on n'a qu'à dire que ta fugue commence quand tu sors de la voiture.

J'ai dit non. Il fallait mettre des limites.

Fuguer c'est partir du domicile, ça ne se fait pas en voiture (ou alors il faut fuguer de la voiture elle-même, sans prévenir).

Quand je suis au lit, le soir, mon père vient me voir dans ma chambre, pour me faire éteindre. Il demande d'écrire sur un papier l'endroit où je vais (au cas où ils devraient d'urgence me trouver). Il me tend un téléphone, demande que j'envoie un SMS à intervalle régulier pour dire que tout va bien (je lui dis que j'en ai déjà un d'Arto mais il préfère que je prenne celui-ci, il est sûr qu'il fonctionne). Il m'embrasse.

Sur le pas de la porte, il dit :
— Tu sais, je suis fier de toi.
— Ah bon ?
— Oui, à ton âge je n'aurais jamais fait de fugue.

C'est le monde à l'envers, il m'encourage d'un clin d'œil. Alors que moi, depuis l'autre jour, j'hésite parfois. Je ne lui dis pas. Je lui fais un clin d'œil aussi à la place (je suis hyper bon en clin d'œil). Je lui ai pas dit qu'il pouvait encore en faire à son âge s'il voulait vraiment (même si dans le fond c'est pas vraiment de son âge).

FUGUE DE JEAN-JACQUES #258

Il éteint. Dans le noir je regarde le plafond.

Mais c'est pas la même chose de parler des choses et de les faire, de les imaginer et de les vivre. Je suis juste stressé au fond.

Car vendredi, c'est vraiment demain.

Et il faut cesser de penser parfois. Juste faire les choses.

Il est temps d'y aller. Mais là il est temps de dormir.

Vendredi

Je me suis réveillé tôt. Je n'avais pas envie que toute ma famille me dise au revoir (sinon là ce n'est pas une fugue). Ou qu'ils doivent faire semblant de ne pas me voir m'en aller. Et on n'allait pas faire de longues embrassades et toute une histoire, je partais une nuit, vous voyez ?

Dans la cuisine, il y a juste Zut à qui je fais un câlin. Je prends un verre de jus d'orange pour me donner des forces et des céréales pour avoir le ventre plein.

Sur la table, il y a une bougie avec un mot de mes parents.

Bonne fugue d'anniversaire
coco d'amour !

Je me rends compte qu'aujourd'hui c'est le jour de mes 10 ans (Nils aurait dit un truc comme *« Il n'y a jamais de hasard »*, on lui aurait dit que ça ne veut rien dire).

J'ai mis un mot sur la table.

Merci (pour tout). Je vous aime.

Votre Gaspard, 10 ans

J'ai ouvert la porte, dit à Zut que je revenais demain, et je suis descendu. J'ai franchi le pas de l'immeuble. J'ai regardé devant moi.

Devant, dehors, s'ouvrait le monde, l'aventure. J'ai inspiré, senti l'air frais dans mes poumons et le soleil sur ma peau. J'ai avancé.

Je me suis dit à moi-même :
— Allez, rentre dans le game.

CHARLY DELWART est né à Bruxelles en 1975. Écrivain et scénariste, il a publié plusieurs romans, dont *Databiographie* chez Flammarion et plusieurs albums jeunesse dont les titres sont des questions (*Tu crois quoi ?* et *Tu préfères quoi ?*).

Les aventures de moi-même est son premier roman jeunesse.

Enfant, il a fait deux fugues non préparées : une de 10 minutes, l'autre d'une heure. *Journal de ma fugue* est donc un vrai récit de fiction.

Ronan Badel est né le 17 janvier 1972
au bord de la mer, à Auray.
En bon petit dernier de la famille, il se fait offrir
à l'âge de 7 ans un carnet à dessins
qui deviendra son journal intime et sera
à l'origine de son incessante envie d'écrire
et dessiner des histoires.